बारिश

आजाद आनंद

ISBN 978-93-5458-781-8
© ajad anand 2021
Published in India 2021 by Pencil

A brand of
One Point Six Technologies Pvt. Ltd.
123, Building J2, Shram Seva Premises,
Wadala Truck Terminal, Wadala (E)
Mumbai 400037, Maharashtra, INDIA
E connect@thepencilapp.com
W www.thepencilapp.com

DISCLAIMER: *This is a work of fiction. Names, characters, places, events and incidents are the products of the author's imagination. The opinions expressed in this book do not seek to reflect the views of the Publisher.*

Author biography

ऑथर : आजाद आनंद

संपर्क : ajad3197@gmail.com

CONTENTS

बारिश अस्तित्व और नियति

शाम के चार बज रहे थे। मूसलाधार बारिश हो रही थी। समंदर से एक बड़ा सा यात्री जहाज मुंबई बंदरगाह की ओर बढ़ रहा था। जहाज में सफर कर रही एक अठारह साल की लड़की 'वर्षा' खिड़की से बाहर के नज़ारे देख रही थी। उसकी खामोश आंखें और बिखरी लटें उसकी बेबसी की कहानी बयां कर रही थी। वह समंदर में गिरती बारिश की एक-एक बूंदो को गौर से देख रही थी और सोच रही थी "इन बूंदों का मेरी ही तरह कोई अस्तित्व नहीं है आखिरकार समंदर में ही मिल जाना इसकी नियति है।"बारिश की बूंदे भी समंदर के तल पर उछल-उछल कर वर्षा की ख़ामोशी को चिढ़ा रही थी। कुछ देर बाद जहाज मुंबई बंदरगाह पर आकर रुक गया। यात्री एक-एक कर जहाज से उतरने लगे। वर्षा अभी तक बारिश की बूंदों को ही देख रही थी और मन मे तरह-तरह के ख्वाब बुन रही थी। जहाज अब खाली हो चुका था। वर्षा को खिड़की के पास इस तरह खड़ा देखकर एक बुजुर्ग व्यक्ति जो करीब साठ साल का लग रहा था, उसके पास आया और कहा "बेटी! आस-पास घूम आओ, जहाज अभी

रुकेगी यहां दो-तीन घंटे तक, मुंबई देख लो, मन बहल जाएगा।"वर्षा ने बिना उस व्यक्ति की तरफ मुड़े प्यार से कहा "बाबा! आप तो सालों से मुझे ऐसा कह रहे हैं, आप थकते नहीं हैं क्या?"तब उस व्यक्ति ने कहा "बेटी! अगर मैं थक जाता तो तुम्हारा बाबा कहलाने लायक रहता क्या?"यह सुनकर वर्षा उस व्यक्ति की ओर पलटी और उसके गले लग गयी और बोली "बाबा, आप भी ना..., अभी बारिश हो रही है, बाद में घूम आऊंगी, ठीक है, आप अभी आराम कीजिए, आपको भी तो बहुत काम करना है अभी।"वर्षा के माँ-पिता बचपन में ही चल बसे थे। उसकी देखरेख उसके ही गाँव के एक बुजुर्ग व्यक्ति ने किया जो जहाज पर ही काम करता था। वह उसे बाबा कहकर बुलाती। वर्षा बाबा के काम में उनका हाथ बटा दिया करती थी। वर्षा ने बाबा को उसके आराम कक्ष में छोड़ा फिर वापस खिड़की के पास आ गयी। बारिश थम चुकी थी लेकिन वर्षा बाहर नहीं गयी और खिड़की के पास ही डटी रही तभी उसके कानों में एक लड़के के गाने की आवाज सुनाई दी "मोल था इश्क़ का, मेरे अस्तित्व से। इश्क़ की जुदाई, मेरा अस्तित्व ही ले गई।"अस्तित्व शब्द सुनकर वर्षा के कान जैसे झनक उठे। यह वही शब्द थे जो उसे वर्षों से परेशान किए हुए था। वह खुद के अस्तित्व से जूझ रही थी और किसी से इसका उत्तर चाहती थी। वह दौड़ती हुई जहाज से बाहर भागी। समंदर किनारे एक चट्टान पर बैठा एक लड़का जिसकी उम्र करीब बीस की होगी,

ऊँची आवाज में गाने के बोल गा रहा था। उसकी लंबी दाढ़ी-मूँछ और फटे कपड़े भी उसकी मधुर आवाज को नहीं रोक पा रही थी। नीचे जमीन पर पड़े एक रुमाल पर कुछ रुपए इकट्ठे हो गए थे। वर्षा भागती हुई उसके पास आई और उसके बगल में बैठ गई फिर उस लड़के से बोली "तुम जो गाने गा रहे थे उसे फिर से सुनाओगे?"उस लड़के ने वर्षा को घूरते हुए देखा फिर बोला "मैं किसी को मुफ़्त में नहीं सुनाता, उसके लिए पैसे लगते हैं और मैं कोई गाना नहीं गा रहा हूँ, वह एक कविता है।"वर्षा झुँझलाते हुए बोली "ठीक है ठीक है जो भी है सुनाओ, तुम्हें पैसे मिल जाएंगे।""नहीं, पहले पैसे वहां रुमाल पर रखो फिर कविता सुनाऊँगा।"वर्षा गुस्से से बड़बड़ाई "खुद को बड़ा गुलज़ार समझ रहा है।" वह अपने दुप्पट्टे के बंधे एक छोर को पास लाई और उसे खोलने लगी। वह लड़का उसे ऐसा करते देख रहा था। वर्षा ने दुप्पट्टे के छोर को खोला तो उसमें मात्र बीस रुपये थे। उसने चुपचाप वो बीस रुपए उस रुमाल पर रख दी और उस लड़के के तरफ देखने लगी। लड़के ने भी बिना कुछ कहे कविता कहनी शुरु की। वह कभी आसमान में छाए बादल की ओर देखता तो कभी समंदर की तरफ और कविता गाता जाता।तू इश्क़ को जुदा करे मैं इश्क़ से मिला दूँये जिंदगी का खेल आओ मैं तुझे सिखा दूँ।मजबूर हूँ मैं आजमजबूर था कल भीजिंदगी का ये खेल खेला था बरसों कभी।इश्क़ था, ये खेल नहींजिंदगी की रेल नहींइश्क़ की जिंदगी का जैसे कोई मोल

नहीं।मोल था इश्क़ का मेरे अस्तित्व सेइश्क़ की जुदाई मेरा अस्तित्व ही ले गई।ये जिंदगी का खेल आओ मिलकर खेलें कुछ तुम मुझे सिखा दो, कुछ मैं तुझे सिखा दूँ।कविता खत्म हो चुकी थी। वर्षा अभी तक उस लड़के की तरफ ही देखी जा रही थी। यह देखकर उस लड़के ने वर्षा की आँखों के सामने एक चुटकी बजाई। वर्षा को अचानक ख्याल आया कि कविता तो खत्म हो चुकी है। उसने उस लड़के के चेहरे पर से अपनी नज़रों को हटाया और बोली "कविता सुनने में तो बहुत अच्छी लगी, बेशक अच्छी ही होगी लेकिन मुझे कुछ समझ नहीं आया।"तब उस लड़के ने कहा "ठीक है कोई बात नहीं मैं समझा देता हूँ। यह कविता बादल और समंदर के बीच संवाद का है। पहले समंदर कहता है कि तू बारिश को अपने से अलग कर देता है लेकिन मैं उसे वापस तुमसे मिला देता हूँ तब बादल कहता है कि यह मेरी मज़बूरी है कि उसे खुद से अलग करना पड़ता है तब समंदर ने फिर कहा इश्क कोई रेल नहीं है कि जब चाहा चढ़ गए और जब चाहा उतर गए, बारिश का कोई मोल है कि नहीं तब बादल ने यह कहकर समंदर का मुंह बंद किया कि बारिश तो मेरे अस्तित्व से ही जुड़ी हुई है। उसके खत्म होने पर मैं भी स्वयं ख़त्म हो जाता हूं"।"वर्षा ने उस लड़के से पूछा "यह कविता तुमने लिखी है?"उस लड़के ने हाँ में सर हिलाया तब वर्षा बोली "बहुत अच्छा लिखते हो।" तभी बारिश की हल्की-हल्की फुहारें शुरु हो गई। यह देखकर वर्षा खड़ी हो गई और

बोली "अब मुझे जाना होगा।"यह सुनकर उस लड़के ने रुमाल पर रखे सौ के एक नोट को उठाया और वर्षा के दुपट्टे के एक छोर में रखकर बांध दिया। यह देखते ही वर्षा बोली "यह क्या कर रहे हो? तुम्हारी मेहनत की कमाई है ये।""कुछ नहीं बस वक्त को वक्त से मात देने की कोशिश कर रहा हूँ।""अच्छा बोल लेते हो" कहकर वर्षा वापस जाने लगती है तभी वह लड़का चिल्लाकर कहता है "पता है बारिश दो तरह की होती है एक भीगने के लिए और दूसरा भिगोने के लिए।"यह सुनकर वर्षा के कदम वहीं रुक गए। वह वापस पलट पर वहीं से चिल्लाकर बोली "कैसे?"उस लड़के ने कहा "बारिश की हल्की फुहार भीगने के लिए ही होती है और मूसलाधार बारिश भिगोने के लिए।"वर्षा वापस उस लड़के के पास आकर बैठ गई और बोली "तुम्हारी बातें मुझे वापस नहीं जाने दे रही है, मुझे बारिश से बहुत नफ़रत है, मैं जब भी बारिश की बूंदों को देखती हूँ तो मुझे गुस्सा आता है और चिढ़ भी होती है लेकिन तुम्हारी कविता सुनने के बाद लगता है कि गुस्सा धीरे-धीरे खत्म हो रहा है।""तुम्हें बारिश की बूंदों पर गुस्सा क्यों आता है? मुझे बता सकती हो, शायद मैं कोई हल निकाल दूँ। हम एक घंटे से साथ बैठे हैं, फिलहाल मुझे अपना दोस्त समझ सकती हो।"वर्षा उस लड़के के तरफ देखकर बोली "हम दोस्त भी बन गए लेकिन हमें एक-दूसरे का नाम भी नहीं पता। मेरा नाम वर्षा है और तुम्हारा?""सागर। नियति ने यही नाम रखा है।"

उस लड़के ने कहा।"नियति?" वर्षा ने प्रश्नवाचक निगाहों से सागर की ओर देखी और बोली तब सागर ने कहा "नियति मतलब वक्त, समय...।""ओ... तब तो मेरा नाम भी नियति ने ही रखा है।""वो कैसे?""मेरे बाबा बताते हैं कि जब मेरी माँ प्रेग्नेंट थी तो मेरे पिताजी गाड़ी में उन्हें हॉस्पिटल ले जा रहे थे। मूसलाधार बारिश हो रही थी। सड़क पर फिसलन की वजह से गाड़ी एक गहरी खाई में जा गिरी। दोनों को हॉस्पिटल लाया गया जहाँ उनकी मौत हो गई लेकिन मैं बच गयी। मेरा जन्म बारिश के मौसम में हुआ था इसलिए नाम वर्षा रख दिया लेकिन तुम्हारी नियति क्या थी?""मेरे माँ-बाबा का जहाज समंदर में डूब गया था। मैं तभी कुछ आठ-नौ महीने का था। मछुआरों ने मुझे समंदर के तट पर पाया तो तभी से मेरा नाम सागर रख दिया।""हम दोनों की कहानी तो एक जैसी है तब ना मैं तुम्हारी आवाज सुनकर खिंची चली आई। पता है, मैं उस जहाज पर अठारह सालों से सफर कर रही हूँ लेकिन कभी बाहर नहीं आयी थी आज से पहले। मैं अपने अस्तित्व को ढूंढ रही थी लेकिन अब तुम्हें देखकर लग रहा है कि खुद का अस्तित्व बनाया भी जा सकता है।"बारिश की हल्की फुहारों के बीच दोनों अपनी-अपनी आपबीती एक-दूसरे को सुनाकर दिल के बोझ को हल्का करने की कोशिश कर रहे थे। बारिश के कारण वर्षा के लंबे बाल भीग चुके थे और बार-बार चेहरे के पास आ रही थी। वह बार-बार झटके से बालों को ऊपर कर रही थी। बाल का

पानी सागर के चेहरे को भिगो रहा था। सागर एकटक वर्षा की आँखों में देखा जा रहा था। उस खामोश आंखों में सागर को अपनापन सा लगने लगा था। जैसे उसे बारिश की बूंदों से हो चुका था। सागर को ऐसे देखते हुए देखकर वर्षा ने पूछा "क्या देख रहे हैं कवि साहब?"तभी तेज बारिश होने लगी, तब वर्षा उठकर खड़ी हो गयी और सागर से बोली " लगता है आपके दूसरे प्रकार वाले बारिश की शुरूआत हो चुकी है, भिगोने वाली बारिश, अब मुझे जाना होगा, जहाज भी खुलने वाली है, पता नहीं अब हम फिर मिलेंगे या नहीं, अगर मिलेंगे तो इसी जगह, इसी बारिश के नीचे क्योंकि अब मुझे भी बारिश से प्रेम हो गई है।"वर्षा तेजी से जहाज की तरफ भागी और उसमें सवार हो गई। वह पूरी तरह भीग चुकी थी। वह भीगकर खुद एक नदी बन चुकी थी जो सागर में समाने के लिए बेचैन थी लेकिन उसे सागर में मिलने के लिए एक लंबा रास्ता तय करना था। सागर भी उसके मिलने का इंतजार करने लगा। बारिश की बूंदें अनवरत बरसती रही सालों-साल दोनों के मिलन का साक्षी बनने के लिए कभी मूसलाधार तो कभी हल्की फुहार लेकिन वो दोनों फिर कभी नहीं मिले। शायद दोनों की नियति ही ऐसी थी।

★★★

कोरोना वॉरियर्स

"मम्मा, मैं दस तक गिनुंगी। आपदोनों छिप जाना, ठीक है," दो साल की बच्ची मीता ने तुतलाई आवाज में अपने मॉम-डैड से कही और गिनती गिनना शुरु किया "एक... दो...तीन... चार..."परेश कमरे में दरवाजे के पीछे छुप गया और आकांक्षा हॉल में ही सोफे के पीछे छिप गयी। दस तक गिनती कर मीता अपने दोनों पैरों को फर्श पर पटकते हुए दोनों को ढूंढते हुए कमरे में चली गयी। उसके छोटे-छोटे पैरों से तबले की थाप की तरह मधुर सी 'थपक-थपक' की आवाज आ रही थी, जो किसी को भी अपनी ओर आकर्षित करने के लिए काफी था। आकांक्षा उसे इस तरह चलता देखकर मुस्कुराती। परेश से नहीं रहा गया। वह दरवाजे के पीछे से निकला और मीता को गोद में उठा लिया। मीता ख़ुशी से चिल्लाने लगी "आउट... आउट, डैडा आउट।" हॉल में टीवी चल रही थी। आकांक्षा छुपकर कभी टीवी की ओर देखती तो कभी परेश और मीता की ओर। अचानक आकांक्षा की आँखें टीवी स्क्रीन पर ठहर गयी। टीवी पर ब्रेकिंग

न्यूज़ चल रही थी "कोरोना वायरस के बढ़ते मामले को देखते हुए केंद्र सरकार ने लॉकडाउन को चौदह दिनों के लिए बढ़ा दिया है।" आकांक्षा अपनी जगह पर खड़ी हो गयी। मीता, आकांक्षा को देखते ही ख़ुशी से चिल्लाई, "मम्मा आउट... मम्मा आउट।" आकांक्षा ने मीता का दिल रखने के लिए एक हल्की मुस्कान अपने चेहरे पर बिखेर दी लेकिन वह तो न्यूज़ देखते ही आउट हो चुकी थी। आकांक्षा, लीलासाई हॉस्पिटल, लखनऊ में नर्स थी और कोरोना वायरस के डर के कारण पिछले इक्कीस दिनों से अपनी बच्ची को गोद में नहीं लिया था। जितना हो सके वह हरसंभव प्रयास करती की अपनी बच्ची और पति से दूर रहे। उसने सोचा था कुछ दिनों बाद वो मीता को अपने गोद में उठा पायेगी लेकिन न्यूज़ के कारण उसका चेहरा मुरझा सा गया। उसे वापस हॉस्पिटल जाना था। परेश ने न्यूज़ देखकर आकांक्षा से कहा "तुम हॉस्पिटल से छुट्टी क्यों नहीं ले लेती, बोलो बच्ची अभी छोटी है, माँ के बिना नहीं रह पाती है।" तब आकांक्षा बोली "कैसे कह दूँ परेश, वहां हॉस्पिटल में मीता के जैसी सैकड़ों बच्चियां वायरस से जूझ रही होगी। हम तो वही वारियर्स हैं जिसके लिए देश के करोड़ों जनता ने ताली बजाई थी फिर हम अपना काम कैसे छोड़ दें। कोरोना एक दुश्मन की तरह है और हम देश की नर्सें एक अभेद्द दीवार, डॉक्टर्स एक योद्धा की तरह हैं। अगर दुश्मन के लिए किलेबंदी नहीं की जाए तो वह कुछ ही दिनों में हमारे

घर में घुस आयेगा। आज तो मैं मीता का मुख देख पा रही हूँ लेकिन कल...।" आकांक्षा की बातें गले में ही अटक गयी। उसने अपनी आँखों से निकलने वाली कमजोरी को पोंछकर दूर फेंका।"लेकिन तुम्हीं क्यों? देश में तो और भी नर्सें हैं जिनकी बच्चियां तो इतनी छोटी नहीं होगी ना। बाकी तो अपना काम कर ही रहे हैं ना।""दीवार में एक भी छेद क्यों रहने दें? हम दुश्मन को अपने घर में झाँकने तक नहीं दे सकते।" आकांक्षा की बातें सुनकर परेश समझ गया कि सेवाप्रेम से भरी हुई अपनी पत्नी को कुछ भी समझाना मतलब पत्थर के आगे सर पटकना है, जो कभी भी मुलायम नहीं होने वाला, भले ही वह घिस जाए। आकांक्षा ने अपना बैग पैक किया और चौदह दिनों के लिए हॉस्पिटल में रहने चली आई, अपनी छोटी बच्ची और पति को घर में छोड़कर। वह वहां मरीजों की सेवा में लग गयी।एक दिन डॉक्टर श्रीधर और उनके कुछ साथी बुरी तरह घायल अवस्था में हॉस्पिटल में आए। उनके सभी साथी के सर से खून बह रहा था। डॉक्टर श्रीधर लंगड़ा कर चल रहे थे। कर्मचारी हड़ताल के कारण कोई भी स्ट्रेचर वाला उन्हें बाहर एम्बुलेंस से लाने नहीं गया था इसलिए उन्हें उनके दो साथी ने हाथों से थाम रखा था। डॉक्टर श्रीधर पर आकांक्षा की नज़र पड़ते ही फौरन स्ट्रेचर लेकर उनकी ओर दौड़ी। उन्हें और बाकी साथी को बेड पर लिटाकर उनके सर से खून साफ करने लगी। कुछ और भी नर्स आकर आकांक्षा का साथ देने लगी। "सर! यह

कैसे हुआ?" आकांक्षा ने डॉक्टर श्रीधर से पूछी।"वीरपुर गाँव में दो कोरोना मरीज पहले मिल चुका था तो हम बाकी की जांच करने वहां गए थे। जब हम वहां पहुंचे तो देखा वहाँ शादी का फंक्शन चल रहा था। समूह में कुछ लोग नागिन धुन पर डांस कर रहे थे। हमें सफेद कपड़ों में देखते ही एक आदमी चिल्लाया "अरे आ गया रे सफेद वायरस।" इतना सुनना था कि सबलोगों ने हमें घेर लिया। हम कुछ समझ पाते उससे पहले ही हमपर लात-घूंसों की बरसात शुरू हो गयी। कोई कुछ भी सुनने को राजी नहीं था। हम किसी तरह वहां से भागे। पीछे से उनलोगों ने हमपर पत्थर भी बरसाना शुरु कर दिया था। एक ने जोर की लाठी मेरे टांग पर मारी। उसी से मेरा यह हाल है।"तभी एक साथी बेड पर करवटें बदलकर कराहते हुए बोला "सिस्टर, क्या डसा है उन नागिनों ने, एक भी जगह खाली नहीं छोड़ी।" उनके शरीर पर जगह-जगह चोट के निशान थे।आकांक्षा को बिना पीपीई किट के लोगों की देखभाल करते देखकर डॉक्टर श्रीधर ने पूछा "सिस्टर, आपके पास पीपीई किट नहीं है?""नहीं सर, हॉस्पिटल ने हमें नहीं दी है। उन्होंने कहा कि ये सिर्फ डॉक्टरों के लिए ही है फिर हमारी सैलरी भी तो उतनी नहीं की हम खरीद सकें।" डॉक्टर श्रीधर कुछ नहीं बोले बस आसमान की ओर शून्य निगाहों से ताकने लगे और सोचने लगे कि क्या विडंबना है, जब भगवान सुरक्षित नहीं हैं तो अपने भक्तों को कैसे सुरक्षित करेंगे।लॉकडाउन के दस दिन बीत चुके थे। मीता

रोज अपनी मॉम को घर में पुकारती , नहीं मिलने पर डैड से उन्हें लाने की जिद करती। आख़िरकार परेश को हॉस्पिटल आना ही पड़ा। उसने अपनी बाइक हॉस्पिटल की गेट से दस फीट की दुरी पर ही रोक दी। आकांक्षा जब गेट के पास आई तो मीता को देखकर उसकी ख़ुशी का ठिकाना नहीं रहा। उसके आँख से झर-झर आंसू बहने लगे लेकिन वह पास नहीं जा सकती थी। वह अपने आँसू को अपने दुपट्टे के पीछे छुपाने की कोशिश कर रही थी लेकिन वो बेदर्द दुपट्टे को भी भिगो दे रहा था। माँ को देखते ही मीता उचक-उचक कर बाइक से नीचे उतरना चाह रही थी। वह जोर से मम्मा-मम्मा चिल्लाकर उनके गोद में सिमटना चाह रही थी लेकिन परेश ने मीता को पीछे से अपनी बाहों में जकड़ रखा था। वह चिल्ला रही थी, रो रही थी, अपने डैड की ओर अश्रुपूर्ण निगाहों से देखती फिर मम्मा की ओर लपकने की कोशिश करती लेकिन मम्मा की गोद आज भी बंद थी, ऐसा लग रहा था जैसे स्वर्ग का दरवाजा बंद हो। परेश भी लाख कोशीशे करने के बाद अपने आंसू नहीं रोक पाया। कोई कुछ नहीं बोल रहा था सिर्फ अश्रु की नदियाँ बह रही थी वहां। आकांक्षा ने परेश को इशारे से मीता को वापस ले जाने को कहा और अपने आंसू को रोकती, वापस अंदर जाने के लिए मुड़ी लेकिन अचानक वह वहीँ गिर पड़ी और खांसते हुए छटपटाने लगी। यह देखकर परेश लपकर जाना चाहता था लेकिन मीता के कारण उसके कदम नहीं उठे। दो दिन बाद

आकांक्षा इस दुनिया से चल बसी थी। उसका कोरोना रिपोर्ट पॉजिटिव आया था। परेश अपने आंसू रोके हुए मीता के साथ दूर खड़ा था। स्वास्थ कर्मचारी आकांक्षा के शव को पोलीथिन में पैक कर रहे थे। आज उसकी गोद खुली हुई थी मानो स्वर्ग का दरवाज खुला हुआ था लेकिन वो दरवाजा अब मीता के लिए कोसों दूर हो चुकी थी।मम्मा को पोलीथिन में पैक करता देख मीता ने अपने डैड से पूछी "डैड, मम्मा पोलीथिन में क्यों जा रही हैं?" "क्योंकि मम्मा लुका-छिपी खेल रही हैं, तुम्हें लुकाछिपी पसंद है ना"तब मीता ने बड़ी ही मासूमियत से जबाब दिया " लेकिन मैंने दस तक की गिनती शुरु भी नहीं की है। यह तो चीटिंग है ना।"

नाला जिंदगी

बरसात के दिन शुरु हो चुके थे। बादल आते फिर बरस कर चले जाते। मेंढक के टर्र-टर्र की आवाज तालाबों से आनी शुरु हो चुकी थी। मोर जंगल में खुशी से अपने पंख फैलाए नाचती। किसान भी अपने खेतों में पानी देख कर खुश था। कुल मिलाकर सब खुश थे लेकिन जो ख़ुश नहीं था, वह था रामबिहारी पासवान, बिहार से था। मुम्बई में नाले की सफ़ाई कर अपना गुजर-बसर करता था। वह वहाँ रेलवे स्टेशन के पास एक झोपड़पट्टी में रहता था। तीन दिनों से मूसलाधार बारिश हो रही थी। झोपड़पट्टी के पास के एक बड़े नाले में कचरा भर जाने के कारण नाले का गंदा पानी झोपड़पट्टी में भरने लगा था। रामबिहारी, उसकी पत्नी, उसके तीन बच्चे और झोपड़पट्टी में रहने वाले लोगों के रहने का ठिकाना छीन चुका था। नगर निगम भी उदासीन बना हुआ था तब रामबिहारी ने नाला साफ करने की ठानी। उसने झोपड़पट्टी के पाँच-छः लोगों को इकट्ठा किया जिसे नाला साफ करने का अनुभव था।रामबिहारी और एक आदमी ने अपने कमर में

रस्सी बांधी, एक लंबी सांस लिया और बिना किसी प्रोटेक्शन के रामभरोसे गटर में उतर गए। बाहर से दो-तीन लोगों ने रस्सी पकड़े रखा था। दोनों ने एक-एक कर कचरा बाहर निकालने लगा। पॉलीथिन, प्लास्टिक के बोतल, शीशा, पाइप और भी बहुत कुछ। हर बार गटर से बाहर निकल कर एक लंबी सांस लेता फिर राम का नाम लेकर अंदर गंदगी में डुबकी लगा देता। सारा शहर गंदगी करता बिना किसी परवाह के लेकिन भुगत झोपड़पट्टी वाले लोग रहे थे। गटर के अंदर दोनों का दम भी घुट रहा था लेकिन उनके पास नाला साफ करने के अलावा और कोई चारा नहीं था। साफ-सफाई जारी थी तभी पास से एक कार गुजरी। उनमें आए एक लड़की बाहर झाँक कर देख रही थी। देखने से वह विदेशी मालूम पड़ रही थी। गटर के पास जमा लोगों को देखकर उसने ड्राइवर को गाड़ी रोकने को कहा। गाड़ी वहीं नाला के पास रुक गयी। गाड़ी के नीचे ठेहुना भर कचरा का पानी जमा था। वह बिना किसी हिचकिचाहट के उस कचरे वाले पानी में उतर गई क्योंकि भारत मे घूमते हुए उसकी भी यह रोज की आदत हो गई थी। वह हाथ में एक कैमरा लेकर गटर के पास जमा लोगों के पास चली गयी।वहां जाकर वह उनलोगों से टूटी-फूटी हिंदी में बोली "मैं सिंड्रेला लंदन से, मैं एक डॉक्यूमेंट्री बना रही हूँ, आपलोगों से बातचीत करना चाहती हूँ, क्या आप हमारी मदद करेंगे?"उनलोगों में से एक आदमी बोला "मैडम, हमार सब में

सबसे ज़्यादा पढ़ा-लिखा रामबिहारी ही है, वही आपको बता-सकता है।"सिंड्रेला बोली "कहाँ मिलेगा ये रामबिहारी?"उनमें से एक ने गटर की ओर इशारा करके बोला "इसमें"सिंड्रेला बोली "मज़ाक कर रहें हैं आपलोग?"दूसरा आदमी बोला "मैडम, हमरी औकात मज़ाक करने की कैसे हो सकती है जिसकी जिंदगी खुदहे एक मजाक है।"सिंड्रेला फिर बोली "हमारे यहां आए हुए पाँच मिनट बीत चुके हैं, अभी तक वह इसी गंदगी में है, इसमें तो ऊपर तक कचरा वाला पानी भरा है, मैं तो यहाँ खड़े-खड़े सांस नहीं ले पा रही हूँ।"तभी रामबिहारी ने गटर से अपना चेहरा निकलते हुए कहा "यही तो हमलोगों की खूबी है मैडम, लोग ऊपर के इस थोड़े से दूषित वातावरण में साँस नहीं ले पाते हैं, वहीं हम इस गटर में साँस भी लेते हैं और गटर से अपना और अपने परिवार का पेट भी भरते हैं, इसलिए कुछ लोग हमें गटर का कीड़ा भी बोल देते हैं तो हमें बुरा नहीं लगता।"सिंड्रेला अपने कैमरे में सारा कुछ रिकॉर्ड करती जाती है। बाहर के लोग सिंड्रेला को बताते हैं कि यही रामबिहारी हैं तब सिंड्रेला, रामबिहारी से बोलती है "क्या आप बाहर आ सकते हैं? हमें आपसे आपलोगों की जिंदगी के बारे में जाननी है।""माफ करिएगा मैडम, हम अभी बाहर नहीं आ सकते क्योंकि नाले में आगे लगता है किसी ने गाय की लाश को फेंक दिया है, उसे निकालना है, वैसे दो-चार मिनट में हम गटर से बाहर आते रहंगे, उधर से आपके कैमरे के लिए गिफ्ट भी लेते

आएंगे, फिर आप हमसे सवाल करिएगा", रामबिहारी ने यह कहकर एक लंबी साँस ली और फिर से उस गटर में डुबकी लगा दी। सिंड्रेला का कैमरा उस क्षण को रेकॉर्ड करता जा रहा था। "जाम थे तुम इश्क का,गम का शराब बन गए।बोतल थे तुम फ्रिज में,नालियों में खाली बह गया।इश्क़ में भी नशा था,गम में भी नशा था।भुला बैठे थे खुद को,जब खाली बोतल सामने पड़ा था।लोग हैं समझते,हम इश्क के हैं मारेतू ही तो था इश्क मेराअब जिंदगी कैसे सँवारे?"एक लगभग सोलह-सत्रह साल का लड़का, फटी-पुरानी पोशाक पहने, हाथ में शराब की एक खाली बोतल पकड़े, ऊपर आसमान की ओर बरसते बारिश को नशीली आँखों से देखते हुए ऊपर लिखे शब्दों को गानों की तरह जोर-जोर से गाता हुआ गटर के पास ही आ रहा था जहाँ भीड़ जमा थी। सिंड्रेला उसी ओर देख रही थी तभी रामबिहारी ने गटर से अपना चेहरा बाहर निकाला और सिंड्रेला के सामने एक कचरे से भरा बोरा रख दिया और बोला "उधर मत देखिए मैडम, वह मेरा बेटा है उसे एक्टिंग का शौक है, वह खुद से कुछ भी लिखता है, गाता है और इसी तरह गाते हुए भटकते रहता है। आप इस बोरे के अंदर के चीज़ों की फ़ोटो खींच सकते हैं। इसमें मरे हुए कुत्ते का एक-एक टुकड़ा है। आपको कुछ पूछना है तो पूछ सकते हैं।"सिंड्रेला उस बोरी को रिकॉर्ड करती है फिर रामबिहारी से पुछती है "आप यहाँ कैसे सर्वाइब कर लेते हैं?""जैसे की आप लंदन में, मैडम! हम कल यहीं थे, आज भी

यही हैं और कल भी यहीं रहेंगे।""सरकार आपलोगों के लिए कुछ नहीं करती?""मैडम! हमें बस इतना पता है, हम सरकार के लिए करते हैं, वोट देते हैं, बाकी सरकार का नहीं पता, अभी दो दिन दिन पहले हमारे एक दोस्त की यहीं दम घुटने से मौत हो गयी, सरकार ने कुछ नहीं किया।""बारिश में तो और भी दिक्कत होती होगी?""नहीं, किसी को दिक्कत तो तब होती है जब वह किसी का सामना पहली बार कर रहा हो।""आपको लगता है कि यहाँ की हालत सुधरेगी?""हाँ जरुर सुधरेगी, बारिश खत्म होने पर जो कचरा अभी ऊपर बह रहा है वो नीचे से बहेगा, बस इतनी सी सुधरेगी।"तभी रामबिहारी अपने दोस्त का नाम चिल्लाता है जो उसके साथ गटर में गया था "बहादुर... बहादुर..." लेकिन उधर से कोई चहल-पहल नहीं होती है।सिंड्रेला पूछती है "आप यह काम कितने दिनों से कर रहे हैं?"रामबिहारी ऊपर खड़े दोस्त को बहादुर की रस्सी खिंचने को कहता है और सिंड्रेला की तरफ देख कर बोला "मैडम! आप हमारी जिंदगी पर फिल्म बना कर ले जाएंगी, आपको अवार्ड भी मिलेगा तब आपकी जिंदगी इस सड़क से उठकर आसमान में तैरने लगेगी लेकिन हमारी जिंदगी अभी इस गटर में डूब रही है और बाद में भी इसी गटर में डूबेगी। हमारा दोस्त अभी खतरे में लग रहा है, कृपया अब सवाल ना करें।"बहादुर को गटर से बाहर निकाला गया। दम घुटने के कारण वह बेहोश हो चुका था। रामबिहारी उसे लेकर हॉस्पिटल की तरफ

भागा। रामबिहारी का बेटा फिर से नया गाना गुनगुनाता हुआ अपने घर की तरह जाने लगा :"द्रौपदी की लाज रख,कृष्ण ने लाज है बचाई।लेकिन उस अभिमान का क्या?जिसने ठोकरों की खाई।तन-मन की शुद्धता के लिएसीता की अग्नि परीक्षा कराईलेकिन उस विश्वास का क्या?जिसने ठोकरों की खाई।हम उस ईश्वर के वंशजजिसने एक जाति बनाईलेकिन उस जाति का क्या?जिसने दिल बीच पैदा की खाई।सिंड्रेला का कैमरा जिंदगी की उन सच्चाई को कैद कर चुका था जो बारिश होने के मुस्कान को फीका कर रहा था। कुछ ही दिन बाद सिंड्रेला अपने देश लौट गई। फ़िल्म फेस्टिवल में उस कहानी को 'नाला-जिंदगी' नाम से प्रस्तुत किया। उस कहानी ने वाकई सभी समीक्षकों को प्रभावित किया। उस फिल्म और सिंड्रेला को कई सारे अवार्ड भी मिले लेकिन जो नहीं मिला वह था बहादुर को नई जिंदगी।बाकी बारिश से सब ख़ुश थे। नौजवान लड़कियां सड़क पर बारिश का लुफ्त उठा रही थी। बच्चे कागज की नाव को पानी में बह रहे थे। किसान अपने खेतों में हल चला रहे थे। रामबिहारी भी अपनी ठेहुने तक डूबी झोपड़पट्टी में चारपाई पर लेटकर छप्पर से टपकते बूंदों को अपने मुँह में गिरने दे रहा था और बारिश का आनंद ले रहा था आखिरकार बारिश किसे पसंद नहीं है?

मानसून फेस्टिवल

मानसून पटना में दस्तक दे चुका था। सुबह से रह-रह कर बारिश हो रही थी। रात के आठ बज रहे थे। अभी बारिश तो नहीं हो रही थी लेकिन आसमान में काले बादल डेरा जमाए बैठे थे। बिजली भी कड़क रही थी, इधर आसमान में और उधर अंकित के दिलोजान में।"हाय रे, बंगले के पीछे,तेरी बेरी के नीचे,हाय रे पिया,अहा रे, अहा रे,अहा रे पिया,कांटा लगा..."प्राची अपने हॉस्टल के कमरे में जितेंद्र और ऋषि कपूर के स्टाइलिश फोटो के बीच, स्पीकर पर गाने को तेज आवाज में बजाकर अदाओं की बिजली गिरा रही थी। उसकी कमर की साँप सी लचक, जुल्फों का बिना हवा के लहराना, गाने के बोल पर हाथों को यूँ अपने ओठों से छूकर छाती होते हुए नीचे सरकाना, नाभी का बराबर टॉप से बाहर की ओर झांकना, पैरों का ताताथैया करना, अंकित को खूब भा रहा था, पलकें झपकना भूल गया था वो। अंकित उस कमरे में नहीं था बल्कि कमरे की खिड़की से सारा नज़ारा देख रहा था। देखते-देखते उसके मुख से अनायास ही कविता फूट पड़ा।"इश्क़ की चादर

छोड़करअश्क का प्याला पी डाला।हुस्न जो मैंने तेरा देखाजान न्योछावर कर डाला...", लेकिन उसे एहसास हुआ कि वह तो कविता पाठ करने लगा तो उसने खुद को रोका और दुबारा प्राची की डांस पर अपना ध्यान केंद्रित किया।अंकित आया तो था अकेले छुपकर देखने के लिए लेकिन वह देखने में इतना मग्न हो गया था कि उसे पता ही नहीं चला उसके दो दोस्त रमन और आलोक भी यह नजारा देख रहे थे, उसके पीछे से।प्राची, अंकित की गर्लफ्रेंड थी। अभी-अभी तो दोनों के बीच प्यार ने अँगड़ाई लेनी शुरु की थी। दोनों ही NIT, Patna के छात्र थे। दोनों के हॉस्टल के बीच दूरी तो थी, दीवार की भी और दीदार की भी लेकिन दिल और हौसलों के बीच काफी नजदीकियां थी तभी तो आज अंकित गर्ल हॉस्टल में घुस आया था लेकिन उसके दोस्त उसे अकेले कैसे छोड़ते, पीछे-पीछे उनलोगों ने भी लाइन ऑफ कंट्रोल क्रॉस कर दी थी।"अबे पानी कौन फेका बे?" रमन जोर से चिल्लाया। ऊपर देखा तो छत पर जमा बारिश का पानी अचानक से उसपर गिरना शुरु हो गया था, शायद किसी ने छत के पाइप को खोल दिया था। रमन की आवाज सुनकर अंकित का ध्यान भंग हुआ। पीछे देखा तो दोनों किसी मासूम बच्चे की तरह चुपचाप खड़ा उसकी ओर देख रहा था तभी पीछे से किसी के चलने की आवाज आने लगी जो धीरे-धीरे नज़दीक आती जा रही थी। अंकित फुसफुसाते हुए बोला "अबे चूतिया हो क्या?, तुमलोग यहाँ क्या

करने आए था? अब भाग यहां से नहीं तो पिछवाड़े में डंडा हो जाएगा कल सवेरे।", भागने का नाम सुनना भर था कि तीनों खरगोश की भांति सरपट वहां से भागा, भागने का एक्सपीरिएंस तो तीनों ने स्कूल के दिनों में ही ले लिया था। बाकी तब से तो भाग ही रहे थे, कभी बस के पीछे तो कभी डिग्री के पीछे और अब गर्लफ्रेंड के पीछे।NIT में बीस दिन से हर कोई मॉनसून फेस्टिवल का इंतजार कर रहा था और आज वह घड़ी आ गयी थी जब हरेक को मौका मिलने वाला था मॉनसून के इंद्रधनुषी रंग को मानस पटल पर उकेरने का। अंकित और प्राची ने भी मानसून फेस्टिवल में पार्टिसिपेट किया था। स्टेज पर फेस्टिवल का रंगारंग आगाज हो चुका था। सभी पार्टिसिपेंट्स एक से बढ़कर एक धाकड़ परफॉर्मेंस दे रहे थे। एंकर ने अनाउंस किया "अब अगला थीम है रैंडम सांग पर डांस।" मैं बुलाने जा रही हूँ कॉलेज की फेमस जोड़ी और हमारे अजीज कपल दोस्त परांकित को।"प्राची और अंकित एंकर के बगल में ही खड़े थे। एंकर ने उसकी ओर इशारा किया तो वह फुसफुसा कर बोली "परांकित कौन है?""अरे तुम्हीं दोनों यार प्राची और अंकित, जल्दी आओ।""लेकिन हमदोनों ने तो अलग-अलग कैटेगरी में पार्टिसिपेट किया था।""यार माफ कर दो, पार्टिसिपेट लिस्ट में काफी गड़बड़ हो गयी है, प्लीज जल्दी स्टेज पर जाओ" एंकर ने माफी जैसी शक़्ल बनाते हुए फुसफुसा कर बोली।"मैं आती हूँ स्टेज से फिर तुम्हारी शक़्ल

तोड़ूंगी, fucking bitch"स्पीकर पर गाना भी शुरु हो गया।"आएगा मज़ा अब बरसात का,तेरी-मेरी दिलकश मुलाकात का.."अंकित और प्राची को तो कुछ समझ नहीं आ रहा था क्या करें। अंकित को तो डांस का डी भी नहीं आता था। उसने तो कवि सम्मेलन वाली कैटेगरी में हिस्सा लिया था वहीं प्राची ने तो कांटा लगा गाने पर तैयारी की थी। उनदोनों की शक्ल आउट ऑफ सिलेबस वाली हो गई थी तब दोनों की कमान संभाली आलोक ने जो रमन के साथ स्टेज के सामने पहली पंक्ति में ही बैठा था। वह फुसफुसाते हुए बोला "बेटा, ये जंग है, अंदर का भी और बाहर का भी, पहली बार है प्राची में साथ, फिर कभी मौका मिलेगा भी, पता नहीं, थाम लो उसका हाथ, पकड़ लो कसके कमर, झुका दो पेड़ों के डाली की भाँति, फेरो अपने हाथ उसके ज़ुल्फ़ों पर, उठा लो उसे अपनी गोद में, तोड़ लाओ चाँद-तारे आसमान से..."आलोक, अंकित को डांस की हिंट देता जा रहा था और वह उसी तरह करता जा रहा था। प्राची ने अंकित के डांस में ही खुद को समेट लिया था। आखिरकार डांस पूरा हुआ। तालियां भी खूब बजी। प्राची ने आलोक के पास आकर उसे धन्यवाद किया तो आलोक बोला "आपने तो बरसात का मज़ा ले लिया, अब हमारा क्या?""क्या चाहिए बोलो?""अपने उस एंकर वाली दोस्त को बुलाइए, नाम क्या है उसका?""वर्षा, रूको मैं अभी बुलाती हूँ, मुझे तो उसका शक्ल तोड़ना है।"प्राची, फौरन अंदर गयी और वर्षा को फौरन

खींचकर बाहर ले आई। साथ ही उसका परिचय आलोक से कराया।आलोक बोला "हमलोग बाहर घूमने जा रहे हैं क्या आप भी चलेंगी हमारे साथ?""नहीं बाबा! बाहर बारिश हो रही है, मैं नहीं जाऊँगी" वर्षा ने मुँह बनाते हुए कहा।"इसकी तो... मन तो कर रहा है मुँह तोड़ दूँ, बहुत एक्सप्रेशन देने जान गई है।"प्राची गुस्से में बोली और उसे खिंचते हुए बारिश में ले गई। उसने भागने की कोशिश की लेकिन तीनों दोस्तों ने उसे तीन तरफ से घेर लिया। अबतक तो वह पूरी तरह भीग चुकी थी। बाहर सड़क पर ठेहुना भर पानी बह रहा था। पांचों ने मिलकर धमाचौकड़ी मचानी शुरु कर दी। अंदर मॉनसून फेस्टिवल चलता रहा वहीं बाहर पांचों मिलकर असली मॉनसून का मज़ा लुटते रहे। असली इंद्रधनुषी रंग तो रमन के और वर्षा के शरीर पर चढ़ गया। रमन के बालों का कलर झड़ कर उसके शरीर को जामुनी कर रहा था वहीं वर्षा का लिपिस्टिक उसके ओठों से रस की तरह टपक रहा था। करीब दो घण्टे तक सड़क पर मस्ती करने के बाद सभी अपने-अपने हॉस्टल चले गए। लेकिन ऐसा लग रहा था कि अंकित, आलोक और रमन का मन अभी तक नहीं भरा है। तीनों ने एक बुफर का इंतज़ाम किया। उसे हॉस्टल की छत पर ले गए फिर फ़िल्मी गाने बजा कर ठुमके लगाना शुरु किया। ऊपर जितनी तेजी से बारिश हो रही थी नीचे उतनी ही तेजी से पैर थिरक रहे थे। तीनों हॉस्टल की साल भर की उमस भरी गर्मी को इस मॉनसून में उखाड़

फेंकने को आतुर था।हॉस्टल के बाकी छात्र भी गाने की धुन सुनते ही चड्डी-बनियान में छत पर पहुंच गए फिर सबने मिलकर मॉनसून की उस बूंदों को अपने पैरों तले खूब रौंदा जिसने साल भर तड़पाया था।

किसान की बारिश

"ए धनुआ के पापा! उधर का देख रहे हैं? कउनो चमत्कार नाही होने वाला है। फ़ालतू में अपना माथा गर्म कर रहे हैं। ऊ के हम गरीब लोगन पे तरफ नाही न आता है, आता त बीस दिन में एक दिन भी न बरसते?", झारू रोज की भांति आसमान की ओर ताक रहा था और उसकी पत्नी दुलारी अपने पति को रोज-रोज इस तरह परेशान देखकर भगवान को कोस रही थी।झारू के पास कुछ एक-आध कट्ठा खेत था, जिससे अपना और अपने परिवार का गुजर बसर करता था। धान रोपाई का समय आ चुका था लेकिन बीस दिनों से वर्षा नहीं हुई थी। वह खेत की जुताई कर चुका था। झारू के लिए वर्षा ही सब कुछ था। वह अंदर से टूट चुका था क्योंकि एक तरफ तो खेत में सूखा पड़ा था वहीं दूसरी तरफ़ उसका छः साल का बेटा धनुआ चार दिन से ज्वार से पीड़ित था, महाजन उसे पैसे उधार नहीं दे रहे थे क्योंकि फ़सल होगी कि नहीं इसकी कोई गारंटी नहीं थी।झारू आसमान की ओर देखते-देखते चारपाई पर धनुआ के सिरहाने बैठ गया। धनुआ चद्दर ओढ़े अपने बापू के माथे की लकीरें पढ़

रहा था। वह उठना चाहता था लेकिन उसका शरीर भी किसी चमत्कार की बाट जोह रहा था।"बापू! बापू! बापू!...", धनुआ बुला रहा था लेकिन झारू किसी गंभीर मुद्रा में डूबा हुआ था तब धनुआ ने अपने सर को झारू के पीठ पर दे मारा। झारू गुस्से से तिलमिला हुआ और मारने के लिए अपना हाथ उठाया लेकिन कुछ याद आने पर हाथ को पीछे खींच लिया और बोला "का हुआ? काहे बैल बने हुए हो?""बापू! भगवान के भी बाल्टी का पानी खत्म हो गया है का?" धनुआ ने बड़ी मासूमियत से पूछा।"नहीं बेटा, उसके पास तो बहुत सारा पानी, जिसमें हम, तुम, तुमरी माई, पूरा गांव सब डूब जाएगा।""इत्ता पानी है तो फिर थोड़ा सा हमलोगों को काहे नहीं दे देते। हम छोटे लोग हैं इसलिए नहीं देते होंगे, ना बापू?"झारू के पास इस सवाल का कोई ज़बाब नहीं था। झारू भी अपने बेटे के सवालों में डूब गया। आखिर कह तो सही रहा है वह। वह कल ही तो देख कर आया था, जमींदार लोगों की खेती अंतिम चरण में थी। उनके पास निजी बोरबेल जो था और हमारे पास खाली बाल्टी।झारू घर के अंदर दूसरी चारपाई पर आँख बंद करके लेट गया लेकिन नींद उससे कोसों दूर थी तभी धनुआ चिल्लाया "बापू! लगता है भगवान का बाल्टी भर गया।"झारू हड़बड़ाहट में चारपाई से उठा और बाहर की ओर भागा। देखा तो घने काले बादल घिर रहे थे। उसके चेहरे की खुशी देखकर ऐसा लग रहा था मानो नए बच्चे का जन्म होने वाला हो और हो भी क्यों ना,

आखिरकार फ़सल उसके लिए बच्चे की भांति ही तो था। इधर धनुआ जो चार दिन से बेदम पड़ा था, बादल देखकर उसकी आंखें चमकने लगी, उसे पिछला साल याद आने लगा, कैसे खेतों में धमाचौकड़ी मचाता फिरता था।झारू, अपनी पत्नी दुलारी के साथ धनरोपनी करने खेतों में जाने के लिए घर से निकला, पीछे-पीछे धनुआ भी खेतों तक पहुंच गया।झारू के बगल के खेतों में कुछ महिलाएं धान रोप रही थी। बारिश अभी तक शुरु नहीं हुई थी इसलिए झारू और दुलारी खेत की मेड़ को ठीक करने में लग गए ताकि पानी कहीं दूसरे खेतों में ना चला जाए फिर मेड़ पर बैठकर काले घने बादल की ओर ओर निहारने लगा। बगल के खेतों में काम कर रही एक महिला मज़ाक करते हुए दुलारी से बोली "दुलरिया! तोहरा मरद त बड़ा प्यासा लग रहा है, पिलाई नहीं है का, पानी।""ए भौजी! हमरा मरद प्यासा है त यहां आ गया लेकिन तोहरे मरद कहीं औरो प्यास बुझाए गया है का?"खेतों में धन रोपनी कर रही सभी महिलाएं हँसने लगी। झारू सबकुछ सुन रहा था। वह उस महिला से बोला " भौजी, हमरा प्यास त अब एकही चीज़ से बुझेगा, बारिश। तुम सब मिलकर कुछ गा दो गीत ताकि इंदर देवता भी खुश हो जाए।""झरुआ! हमसब इत्ते सस्ते हैं का, बदले में का मिलेगा? बोलो..."झारू कुछ सोच कर बोला "भउजी, हम त तोहरे से भी ज्यादा गरीब हैं लेकिन एक-एक गिलास मकई का सतू पक्का समझो।""झरुआ! तोहरा दिल जो

है ना, उ बहुते बड़ा है, चल छोड़ तू भी का याद करेगा, चानो (धान रोप रही दूसरी महिला) , गीत शुरु कर, देखें इंदर देवता कैसे पानी नहीं देते हैं?"सभी महिलाएं एक सुर में गीत गाना शुरु करती है।"हमर पियवा प्यासा, उ लवनिया झरकाई,बरस दो हे इंदर देवा, देखो खेत है सुखाई।पनिया के सोझे-सोझे मुहवाँ मुरझाई,बरस दो हे इंदर देवा, देखो खेत है सुखाई।मटिया भेल चिपड़-चिपड़, उरी हाथ में आई,बरस दो हे इंदर देवा, देखो खेत है सुखाई..."सभी महिलाओं के लयबद्ध गीत ने वातावरण को झूमने पर मजबूर कर दिया। झारू आंखे बंद कर गीत के सुनहरे बोल का मज़े ले रहा था, धनुआ उसके बगल में कब आकर बैठा, उसे पता ही नहीं चला। इंदर देवता भी जैसे गीत को सुनकर पानी गिराना भूल बैठा था, जैसे ही एक गीत समाप्त हुआ, मूसलाधार बारिश की शुरुआत हो गई। झारू की जान के साथ-साथ खेतों में भी जान वापस आ गयी। खेतों में पानी भरना शुरू हो गया। धनुआ का बुखार भी जैसे छूमंतर हो चुका था। बापू ने उसके उत्साह को देखकर उसे कुछ नहीं कहा, शायद इसी उत्साह की कमी ने उसके अंदर बुखार को जन्म दिया था। तीनों अपने खेतों में गीली मिट्टी को मुलायम बनाने में जुट गए ताकि तीसरे प्रहर तक धान की रोपाई शुरु कर सके।दूसरा प्रहर अब पूरी तरह धनुआ के नाम होने वाला था। गीली मिट्टी में धसते पावों से संघर्ष करते हुए धनुआ धान के बिहन को लाता और दूर से अपने बापू को

फेंककर देता। कभी गीली मिट्टी में लेटकर माई के साथ धान की रोपाई करने लगता। दुलारी गीत गाते हुए धान के एक-एक पौधे को प्यार से पानी के अंदर हाथ डालकर गीली मिट्टी में रोप देती। शाम ढलते-ढलते खेतों में धान रोपाई का काम पूरा हो चुका था। अब बारी थी जश्न मनाने की, उस बरसते बारिश के बीच तीनों ने नाचना शुरु किया। यह ऐसा जश्न था जिसमें किसी बाजे या भीड़ की जरूरत नहीं थी। अचानक धनुआ नाचना छोड़कर खेत में लगे धान के पौधे को देखने लगा फिर अपने बापू से पूछा "बापू! भगवान, अगली बार त देर नहीं करेंगे न? हम छोटे लोगों पर पहले ध्यान देंगे न?"झारू की आंखें भर आयी। उसके पास कोई शब्द नहीं था। उसने धनुआ को गले लगा लिया और खेत में लगे धान के नए पौधे की ओर ताकने लगा।

★★★

बारिश की चाय

अगस्त का महीना था। रात के आठ बज रहे थे। पटना में मूसलाधार बारिश हो रही थी। रिया बारिश में भीगते हुए अपनी स्कूटी से घर को लौट रही थी। स्कूटी सड़क पर सरपट भागी जा रही थी। अचानक सामने एक छोटा से गड्ढा आ गया जो बारिश की पानी से भर गया था। स्कूटी उस गड्ढे में फँस कर जोर से उछली और दूर जा गिरी। रिया भी फुटबॉल की तरह उड़ते हुए सड़क किनारे लगे डिवाईडर से टकरा गई। उसके सर पर जोरदार चोट लगी। वह वहीं बेहोश हो गयी। उसके सर से खून बह रहा था। तभी पीछे से आ रही एक कार के ड्राइवर ने यह देखकर ब्रेक मारा और तुरंत गाड़ी से उतर कर रिया की तरफ भागा। रिया के सर से खून को बहता देखकर उसने अपने रुमाल को उसके सर पर बांधा फिर उसे अपनी गोद में उठाकर गाड़ी में लिटाया और तेजी से हॉस्पिटल की तरफ भागा। उस ड्राइवर ने रिया को हॉस्पिटल में भर्ती कराकर नर्स को उसके परिजनों को खबर करने को कहा, रिसेप्शन पर कुछ पैसे जमा

कराया और तुरंत वहां से निकल गया।डॉक्टर के इलाज के कुछ घंटों बाद रिया को होश आ गया। होश में आते ही वह भौचक्के से आस-पास देखने लगी। सामने उसके माता-पिता खड़े थे। रिया ने अपने पिता से पूछी "पापा, मैं यहां कैसे आई?"पिता ने कहा "नर्स कह रही थी कि एक लड़का तुम्हें यहां उठा कर लाया था और तुम्हारे इलाज के पैसे भी जमा करा दिए।"रिया ने फिर पिता से पूछी "उस लड़के का कुछ पता चला? कौन था?"रिया के पिता ने ना में सर हिलाया तब रिया की माँ ने कहा "बेटा, वो जो भी था हमारे लिए भगवान ही था, हम उसका पता लगा लेंगे लेकिन तुम अभी आराम करो।"लेकिन रिया को नींद कहाँ आने वाली थी। वह उस लड़के के बारे में ही सोचने लगी। एक दिन बाद ही डॉक्टर ने रिया को हॉस्पिटल से डिस्चार्ज कर दिया। रिया वहां से सीधे सीसीटीवी कमरे में चली गई और सिक्योरिटी गार्ड को एक दिन पहले का फ़ुटेज दिखाने का आग्रह किया। गार्ड ने पहली बार में तो मना कर दिया लेकिन बाद में उसने रिया को उस रात की फ़ुटेज दिखाई। रिया ने उस लड़के को देखा फिर अपने मोबाइल से उसका फ़ोटो क्लिक कर लिया। अब वह रोज उस जगह जाकर रुक जाती जहां उसका एक्सीडेंट हुआ था। एक महीने बीत गए लेकिन रिया को निराशा ही हाथ लगी। रिया भी अब धीरे-धीरे उसे भूलने लगी थी।रात के आठ बज रहे थे। एक्सीडेंट के बाद रोज की तरह उस दिन भी रिया घर लौटने के लिए बस स्टॉप पर खड़ी थी।

आसमान बिल्कुल साफ था। अचानक से न जाने कहाँ से बारिश की हल्की-हल्की फुहारें शुरु हो गयी। रिया को बारिश का महीना बहुत पसंद था। उसने अपने हाथ को बारिश की बूंदों के आगे फैलाकर उसे अपनी हथेली पर गिरने दिया। रिया के हाथों में पड़ती बारिश की बूंदे फिर उसकी हथेली से छनकर धारा की तरह नीचे गिरती बूंदे मनमोहन दृश्य पैदा कर रही थी। तभी एक कार बस स्टॉप पर आकर रुकी लेकिन रिया आसमान की ओर देख रही थी और बारिश की बूंदों का लुफ्त उठा रही थी। कार के ड्राइवर ने गाड़ी का शीशा नीचे किया और रिया की तरफ देखकर "हेलो" कहा। रिया ने अंजानी आवाज सुनकर उस ड्राइवर की ओर देखा तो वह अचंभित हो गई। उसने बिना बारिश की परवाह किए बस स्टॉप की छत से बाहर निकल कर कार के पास चली गई और बोली "मैंने तो आपसे मिलने की उम्मीद ही छोड़ दी थी।"रिया को बारिश में भीगते देखकर उस ड्राइवर ने कहा "आप पहले अंदर आइए फिर बात करते हैं।"रिया तुरंत अंदर चली गई। ड्राइवर ने रिया से पूछा "आपने मुझे कैसे पहचाना?"रिया ने सारी कहानी बयां कर दी तब ड्राइवर ने कहा "सॉरी, मैं बाद में आपसे मिल नहीं पाया, मेरा काम ही कुछ ऐसा है लेकिन आज आपको बारिश में इस तरफ देखकर आपको पहचान गया और मिलने चला आया, अगर आज आप सिर्फ खड़ी रहती तो शायद हम आज भी नहीं मिल पाते।"रिया ने खिड़की से अपना सर बाहर निकाला और

आसमान की ओर देखकर जोर से चिल्लाई " बारिश आपका बहुत-बहुत धन्यवाद, आपके कारण ही हम आज मिल पाए।"रिया ने ड्राइवर से उसका नाम पूछा। ड्राइवर ने अपना नाम बताया "अक्षय"तब रिया बोली, "अच्छा! आएगा मज़ा अब बरसात का।"दोनों हँसने लगे। रिया ने फिर अक्षय से कहा "चलिए इस बरसात में चाय का मज़ा लेते हैं। सामने एक चाय की टपरी है।"अक्षय ने कहा "इस बारिश में? बारिश को थमने तो दो।"रिया ने अक्षय का हाथ पकड़ कर उसे गाड़ी से बाहर निकाला। दोनों भीगते हुए चाय की टपरी पर गए। चाय वाले दोनों को चाय दी। अक्षय ने रिया से कहा "अरे यहां तो खड़ा होने की भी जगह नहीं है, बारिश का पानी चाय में जा रहा है।""जाने दीजिए, इसी का तो मज़ा है, इसका नाम है 'बारिश की चाय', आनंद लीजिए, उधर देखिए (कुछ बच्चे की ओर इशारा करते हुए जो बारिश में उछल-उछल कर नहा रहे थे), उस बच्चे की तरह आनंद लीजिए जो पानी का फर्क भूल चुका है" रिया ने समझाते हुए अक्षय से कहा। अक्षय भी बारिश की हल्की-हल्की फुहारों का मज़ा लेने लगा। अब उसे भी ये बारिश अंदर से भिगोने लगी थी। वह एकटक रिया के मासूम चेहरों को देख रहा था। रिया का मासूम सा चेहरा और बारिश की वो मासूम फुहारें एक जैसी लग रही थी।